"Encantador... Não apenas para crianças, esta série é obrigatória para educadores, para pais e para cuidadores que desejam ajudar os jovens a encerrar ciclos de crueldade."
— **Barbara Coloroso,** autora best-seller de *The Bully, the Bullied and the Bystander*

"Os maravilhosos livros da série *Esquisita!* são um excelente auxílio na construção das habilidades sociais da criança para tratar do *bullying* e para preveni-la contra isso."
— **Trudy Ludwig,** defensora das crianças e autora best-seller de *Confessions of a Former Bully*

"Os personagens bem-desenhados têm problemas reais com... soluções críveis. Esta [série] deveria estar presente em cada biblioteca escolar."
— **Kirkus**

"Os livros funcionam como títulos separados, mas são muito mais eficientes quando utilizados em conjunto para criar uma visão completa de como os personagens principais estão se sentindo e dos outros eventos que ajudam a definir seus papéis."
— **School Library Journal**

"Uma excelente ferramenta para ensinar aos jovens em período escolar boas técnicas de saúde mental e também como eles podem sobreviver ao *bullying,* superando-o."
— **Children's Bookwatch, Reviewer's Choice**

"Uma ótima maneira de iniciar discussões."
— **Booklist**

"Incrivelmente esclarecedor... Um item essencial para educadores."
— **Imagination Soup**

Dados Internacionais de Catalogação na Publicação (CIP)
(Câmara Brasileira do Livro, SP, Brasil)

Frankel, Erin
 Desafio! : uma história que ensina como se defender do bullying escolar / por Erin Frankel ; ilustrações de Paula Heaphy ; [tradução Antonio Tadeu, Helcio de Carvalho]. -- 1. ed. -- São Paulo : Mythos Books, 2018.

 Título original: Dare!
 ISBN 978-85-7867-382-6

 1. Bullying - Literatura juvenil
 2. Bullying nas escolas 3. Conflito interpessoal
 I. Heaphy, Paula. II. Título.

18-19527   CDD-028.5

Índices para catálogo sistemático:

1. Bullying : Literatura juvenil   028.5

Iolanda Rodrigues Biode - Bibliotecária - CRB-8/10014

DESaFio!

Uma história que ensina como se defender do *bullying* escolar

por Erin Frankel

ilustrações de Paula Heaphy

Agradecimentos

Nossos agradecimentos calorosos à Judy Galbraith, à Meg Bratsch, ao Steven Hauge, à Michelle Lee Lagerroos e à Margie Lisovskis, da editora Free Spirit, pelo conhecimento, suporte e dedicação por tornar o mundo um lugar melhor para os jovens. Nossa especial gratidão à Kelsey, à Sofia e à Gabriela, pelo entusiasmo e pelas ideias, durante a criação deste livro. Nosso muito obrigado a Naomi Drew, pela ajuda com seus comentários. Obrigada também ao Alvaro, ao Thomas, à Ann, ao Paul, ao Ros, à Beth e a toda nossa família e aos amigos, pelos *insights* criativos e pelo encorajamento.

DESAFIO!

Erin Frankel
ROTEIRO

Paula Heaphy
ILUSTRAÇÕES

MYTHOS EDITORA LTDA.
Diretor Executivo Helcio de Carvalho **Diretor Financeiro** Dorival Vitor Lopes

REDAÇÃO:
Editor Antonio Tadeu **Co-Editor** Nilson Farinha **Coordenador de Produção** Ailton Alípio
Tradução Antonio Tadeu e Helcio de Carvalho **Revisão** Dagmar Baisigui

DESAFIO! é uma publicação licenciada pela Mythos Books, um selo da Mythos Editora Ltda. Redação e administração: Av. São Gualter, 1296, São Paulo, SP, Brasil, CEP 05455-002. Fone/fax: (11) 3024-7707. Data da primeira edição: novembro de 2018. Todos os direitos reservados. Originalmente publicado nos Estados Unidos por Free Spirit Publishing Inc., Minneapolis, Minnesota, U.S.A., http://www.freespirit.com, sob o seguinte título *Dare!* © 2013, 2018 por Erin Frankel e Paula Heaphy. Direitos Reservados. © Mythos Editora 2018. Todos os direitos reservados.

Copyright © 2018 by Erin Frankel/Paula Heaphy
Original edition published in 2013 by Free Spirit Publishing Inc., Minneapolis, Minnesota, U.S.A., http://www.freespirit.com under the title: *Dare!* All rights reserved under International and Pan-American Copyright Conventions.

Personagens, nomes, eventos e locais presentes nesta publicação são inteiramente fictícios. Qualquer semelhança com a realidade é mera coincidência. É proibida a reprodução total ou parcial desta obra, em mídias tanto impressas quanto eletrônicas, sem a permissão expressa e escrita da Free Spirit Publishing e a dos editores brasileiros, exceto para fins de resenha.

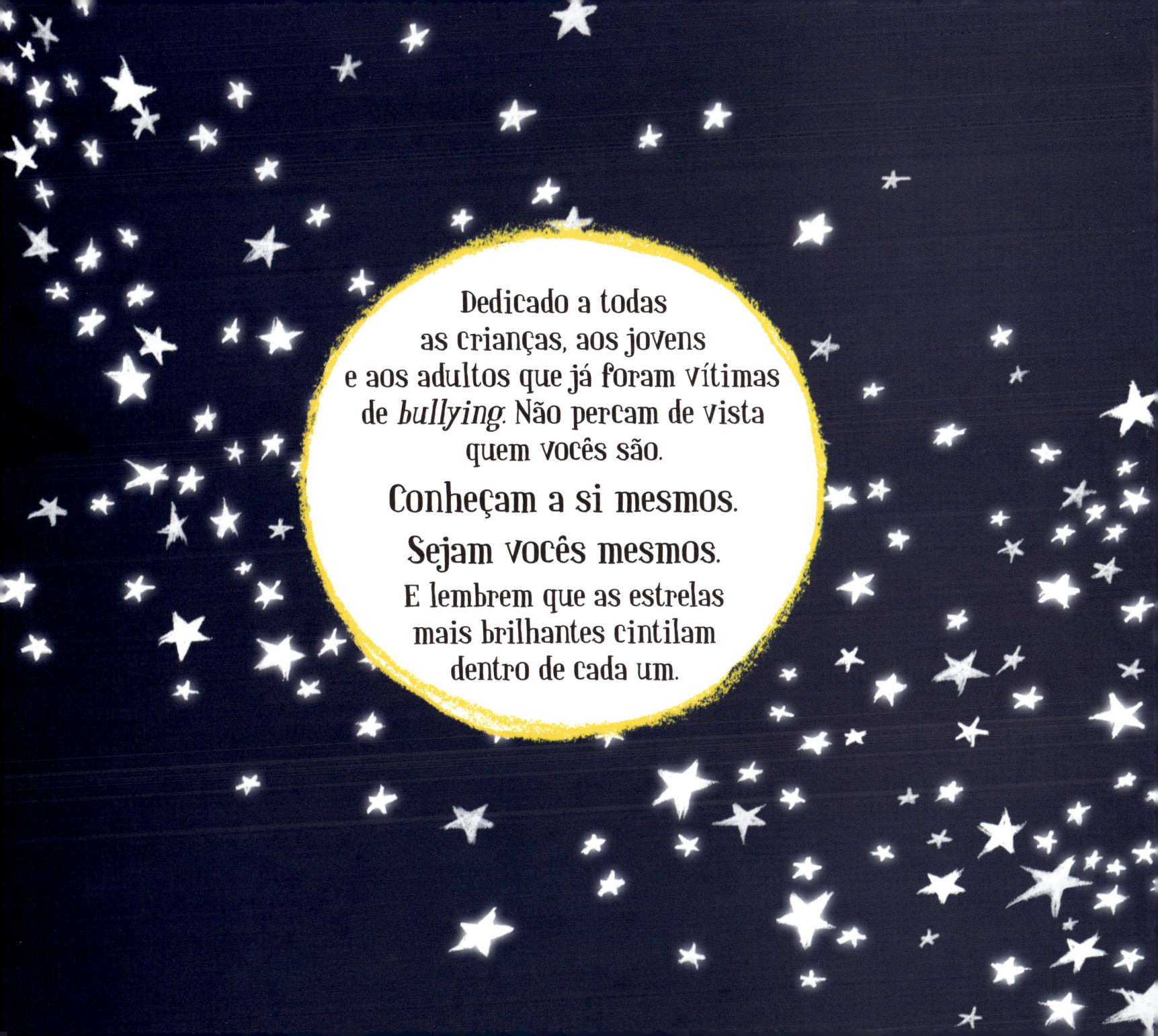

Dedicado a todas
as crianças, aos jovens
e aos adultos que já foram vítimas
de *bullying*. Não percam de vista
quem vocês são.

Conheçam a si mesmos.

Sejam vocês mesmos.

E lembrem que as estrelas
mais brilhantes cintilam
dentro de cada um.

Oi. Meu nome é Jayla e eu tô **assustada**.
Estão vendo aquela garota?
É a Sam. Ela é **durona**.
Ela vivia pegando no meu pé, no ano passado, e eu nunca me defendi.
Eu tinha medo de fazer um

DESaFio!

E também ninguém me defendia.
Pra não **desafiar** a Sam.

Fiquei muito aliviada porque não era mais eu que tava sofrendo *bullying*. Fiquei triste pela Luísa, mas, feliz por mim.

"A bota da Luísa é esquisita, né?"

"Você não acha que ela conta as piadas mais esquisitas?"

Eu não sabia o que dizer. Se não concordasse, ela iria voltar a fazer *bullying* **comigo**.

Nunca pensei que *EU* também só ficaria assistindo.

Eu tava **assustada**, então aceitei o

DESaFio!

Agora me sinto mal pela Luísa e por mim. Não é esse tipo de pessoa que eu quero ser.

O que posso **fazer?** Vou dizer o quê? Eu sigo os **DESAFIOS** da Sam porque tenho medo, mas depois fico mais assustada ainda e sozinha.

Vai ver a Sam só tá me usando.

"Não quero mais participar disso!"

"Para já!"

Mas a Sam nunca para. Ela continua bancando a **durona** e fazendo **DESAFIOS**.

Vai ver ela sabe que eu me sinto assustada...

Um dia, quando a Sam não tava por perto, eu vi a Luísa sentada, sozinha. A bota dela tava no lixo. Queria muito dizer: **"Desculpa"**, mas a única coisa que eu conseguia pensar era: **"E se?"**.

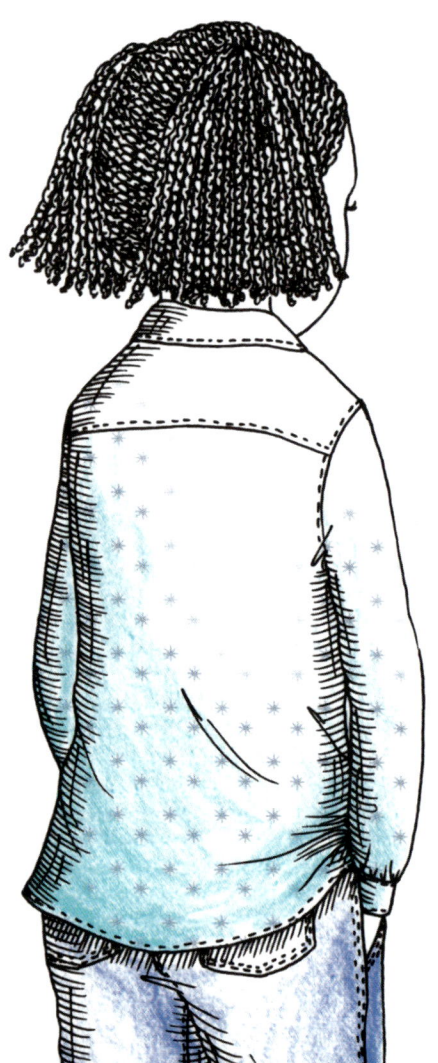

"E se eu falar com a Luísa e a Sam descobrir?"

"E se a Sam começa a me chamar de babaca de novo?"

"E se as coisas piorarem mais ainda?"

Mas o que pode ser pior do que ficar assustada o tempo todo? O que eu tenho **a perder?**

"Meu jeito de ser?"
"Minha coragem?"
"Minhas risadas?"
"Minha confiança?"
"Minhas estrelas?"
"Minha gentileza?"

Eu já perdi muito. A Luísa também. E isso **não é justo.**

Aí, eu fiquei pensando...
e se eu fizesse meu próprio DESaFiO!

"Diga pra ela como você se sente."

"Se defenda! E conte a verdade pra Luísa."

Fiquei imaginando o que eu iria dizer se a Sam descobrisse tudo e brigasse comigo.

Então, em vez de ficar **assustada**, eu me senti **preparada**.

Quanto mais eu ajo como se não estivesse assustada, menos me sinto assustada.
É verdade!

E quanto mais a Sam vê que não tô assustada, mais ela deixa a Luísa e eu em paz.

Isso é o que eu chamo de "Verdade e...

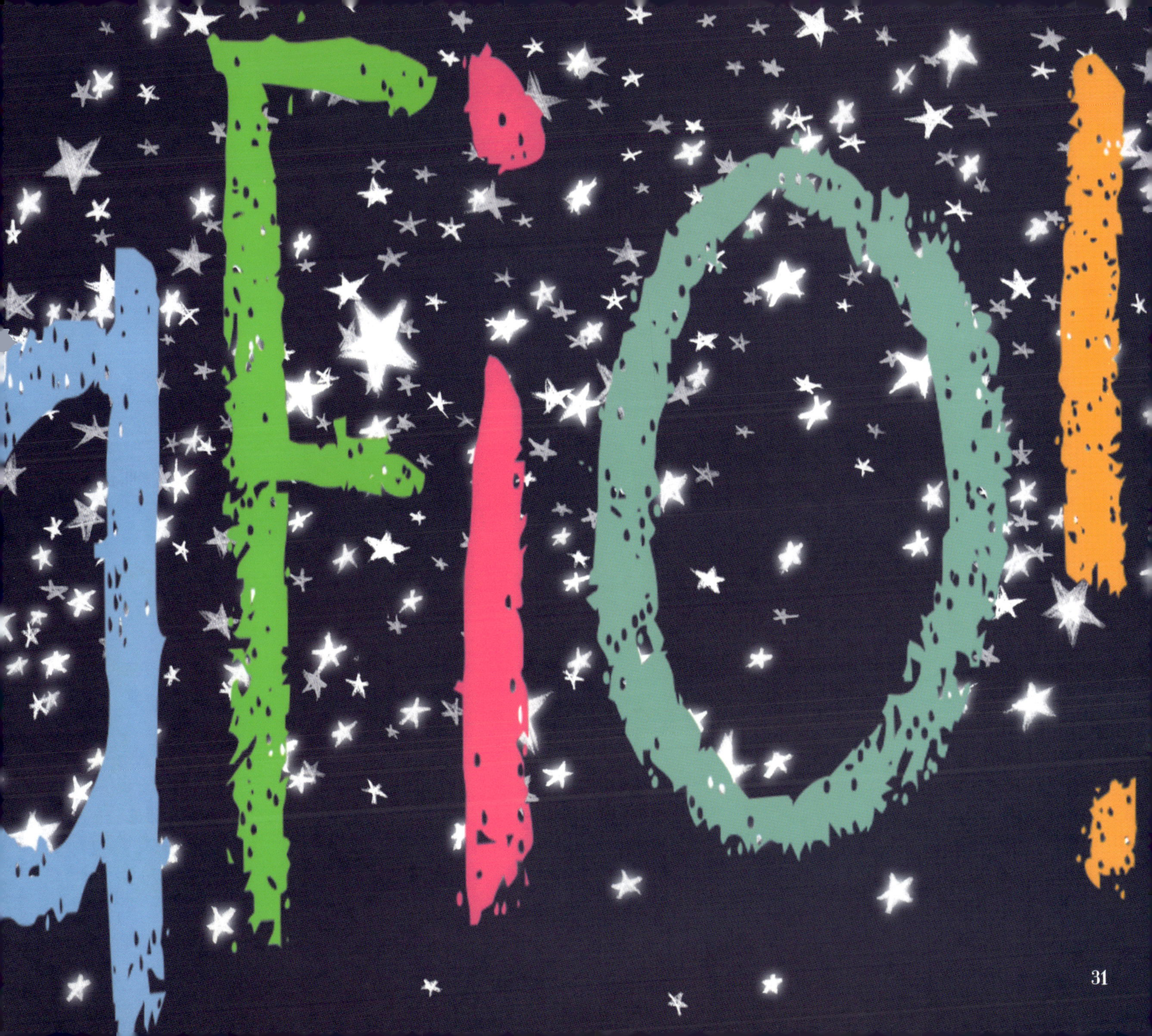

Anotações da Jayla

Ajudar a Luísa foi um desafio que valeu a pena! Aqui estão algumas lições que aprendi com isso:

DEsafiar-me a defender o que era certo fez-me sentir bem comigo mesma.

SAber que estavam praticando *bullying* e não fazer nada para evitar isso me fez sentir estar fazendo coisa errada.

FIcar me recusando a tomar parte no *bullying* fez a Sam perceber que ela não manda em mim.

Ousar agir como se eu não estivesse assustada me deu coragem para ajudar a Luísa.

Anotações da Luísa

A Jayla me ajudou a ver como era importante eu me defender e defender os outros, sem me preocupar se alguém estava me achando esquisita. Aqui estão algumas coisas que eu percebi:

Essa coisa de não dizer nada quando alguém sofre *bullying* não é legal. Se você perceber alguém agindo assim, diga para a pessoa parar.

Quando ninguém fazia nada enquanto eu sofria *bullying*, eu me sentia triste e sozinha.

Imaginar você mesmo sendo vítima de *bullying* pode ajudar.

Simplesmente vou contar para um adulto se me fizerem *bullying* outra vez.

Também não se esqueça de acreditar em si mesma, aconteça o que acontecer.

Anotações da Sam

Quando todo mundo se uniu, foi difícil continuar com o *bullying*. Algumas coisas que descobri sobre mim:

Dizer para a Jayla o que fazer me fazia sentir poderosa e no controle.

Um desafio leva a outro se eu mesma ou se outra pessoa não me impedir de desafiar.

Repensar o quanto meu comportamento machuca as pessoas (incluindo eu mesma) me fez parar e mudar.

Outras pessoas que sofrem *bullying* podem acabar fazendo *bullying* para se sentir bem.

Não gosto de magoar os outros. Eu fazia isso para me sentir poderosa.

Ao me dar uma escolha, fizeram com que eu visse que posso controlar meu próprio comportamento.

Entre para o Clube da Coragem de Jayla!

Eu não me sentia só assustada perto da Sam, eu demonstrava isso. A Sam conseguia perceber e se sentia poderosa. Mudando algumas coisas no meu jeito, comecei a parecer (e a me sentir) mais corajosa. Entre para o meu Clube da Coragem e veja se consegue ver a diferença entre parecer assustada e parecer corajosa.

Defender alguém geralmente significa defender-se de outra pessoa — o que é difícil e, às vezes, até perigoso. Mas existem muitas maneiras simples e seguras de defender alguém. Estas são algumas coisas que fiz quando protegi a Luísa:

★ Eu me recusei a fazer parte no *bullying* da Sam.
★ Encorajei outras crianças a se impor e a ajudar em vez de só ficarem assistindo.
★ Contei para meus pais e para os professores o que estava acontecendo.*

Você consegue pensar em outras maneiras de proteger alguém? Que saiam os assustados e venham os preparados!

*Contar x Fofocar

Ninguém gosta de fofoqueiros. Mas existe muita diferença entre fofocar sobre algo pequeno (como cutucar o nariz ou furar uma fila) e contar para um adulto quando alguém precisa de ajuda. Pense nisto: "Se estivesse sofrendo *bullying*, não iria querer que alguém ajudasse você?"

Clube da Coragem: Pare de se sentir mal

Eu me sentia mal quando sofria *bullying*, quando ficava assistindo à Luísa sofrer e também quando aceitava os desafios da Sam. *Bullying* faz a gente se sentir mal de todo jeito. Você conhece outras palavras além de "mal" para descrever como o *bullying* faz a gente se sentir? Quer me ajudar a encontrar algumas?

Aqui vai um exemplo para começar. A palavra dentro da nuvem deve substituir a palavra "mal".

Exemplo: Quando vejo alguém que me fez *bullying* no passado, eu me sinto mal.

Quando vejo alguém que me fez *bullying* no passado, eu me sinto *preocupado*.

Agora tente você! Escolha uma das palavras nas nuvens abaixo para descrever como se sentiria nas seguintes situações formuladas. Você também pode pensar em outras palavras.

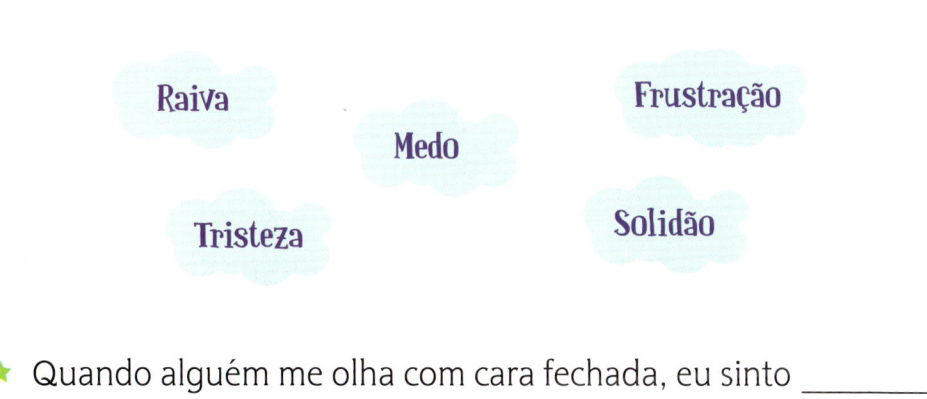

Raiva

Medo

Frustração

Tristeza

Solidão

★ Quando alguém me olha com cara fechada, eu sinto _____.

★ Quando sofro *bullying* e ninguém vem me ajudar, eu sinto _____.

★ Quando quero dizer algo para parar o *bullying*, mas não consigo, eu sinto _____.

Clube da Coragem: Comece a se sentir bem!

Eu me sinto muito bem agora que decidi ajudar em vez de só ficar olhando. Fazer o que é certo sempre faz a gente se sentir bem. Vamos jogar o jogo dos sentimentos de novo? Desta vez, encontre uma palavra para descrever como você se sente quando defende algo em que acredita.

Aqui vai um exemplo para começar. A palavra na estrela deve ser um sinônimo para "bem".

Exemplo: Quando ajudo alguém que está sofrendo *bullying*, eu me sinto bem.

Quando ajudo alguém que está sofrendo *bullying*, eu me sinto orgulhoso.

Agora é sua vez! Escolha as palavras nas estrelas que descrevam como você se sente nas situações formuladas seguintes. Pode usar uma dessas palavras ou pensar em outras.

Alegria   **Confiança**   **Segurança**
Coragem   **Amor**

★ Quando falo a verdade, eu sinto _____.
★ Quando me defendo, eu sinto _____.
★ Quando fico de cabeça erguida e ajo como se não tivesse medo, eu sinto _____.

Quer mais exemplos de palavras para substituir "mal" e "bem"? Peça a um amigo, a um professor ou a um membro da família para sugerirem outras palavras. Então experimente usar esses novos termos e expresse seus sentimentos em relação aos outros.

Um recado para os pais, para os professores e para os adultos solidários

Todo dia, milhões de crianças são submetidas a *bullying* nas formas de palavrões, de ameaças, de xingamentos, de menosprezo, de provocações, de fofocas e de insultos raciais — e muitas outras presenciam isso. O *bullying* verbal, que pode começar até mesmo na pré-escola, constitui 70% dos abusos reportados e, com frequência, é o primeiro passo para outros tipos de agressão, inclusive física, relacional e *bullying* online. Sendo adultos solidários, como podemos ajudar as crianças a se sentirem seguras, respeitadas e confiantes em quem são, e a se imporem ao *bullying* quando ele acontece?

Podemos começar responsabilizando a criança que pratica o *bullying* e, ao mesmo tempo, servir como exemplo para ela, encorajando-a nas escolhas positivas. Às crianças que são alvo de *bullying* nós podemos oferecer ferramentas para que pensem de modo positivo e desenvolvam autoconfiança. Aquelas que ficam assistindo a esse tipo de violência podem ser levadas a explorar maneiras seguras e efetivas de defender quem está sofrendo o *bullying* e fazer escolhas das quais tenham orgulho. Podemos ajudar crianças como Jayla a entender que, ao defender alguém e ao se recusar a participar de um *bullying*, elas também estarão defendendo a si mesmas. É possível explorar estratégias práticas para a criança agir com base no que ela sabe ser correto, ao mesmo tempo em que podemos prover um ambiente de confiança para apoiar seus esforços.

Perguntas sobre *Desafio!*

A história contada em *Desafio!* ilustra uma situação fictícia, mas com a qual muitas crianças irão se identificar, mesmo que suas experiências tenham sido diferentes. A seguir, estão algumas perguntas e atividades para encorajar a reflexão e o diálogo sobre o que foi visto no livro. Fazer referência aos personagens principais, usando seus nomes, pode ajudar a criança a criar ligações: Jayla é quem fica assistindo ao *bullying*, Sam é quem o pratica e Luísa é o alvo dele.

Importante: Bullying Online (também chamado de *cyberbullying*) é uma ameaça real entre crianças do ensino fundamental, dado o crescente uso de smartphones e de computadores, tanto na escola como em casa. Também é o tipo mais difícil de *bullying* para ser contido, já que é menos aparente. Tenha certeza de incluir *cyberbullying* em todas as suas discussões sobre o tema com as crianças.

Página 1: Por que você acha que Jayla se sente assustada?

Páginas 2-3: Por que a menina e o menino, na página 2, não defenderam Jayla? Como se sente quando alguém chama você de um jeito que não gosta ou quando ri de você?

Páginas 4-5: Por que acha que Sam começou a fazer *bullying* com a Luísa em vez de ser com a Jayla? Por que acha que as crianças fazem *bullying*?

Páginas 6-9: Por que Jayla não fala nada quando Sam faz *bullying* com a Luísa? O que os outros personagens estão fazendo? Por que acha que Jayla se sentiu mal? O que já impediu você de tentar deter algum *bullying*? Qual é a diferença entre contar e fofocar? (Nota: ver o círculo na página 34.)

Páginas 10-15: O que Sam diz para Jayla fazer? Como Jayla se sente sobre isso? Jayla pensou: "Talvez ela saiba que eu me sinto assustada". Que importância teria isso?

Páginas 16-19: Por que Jayla não pediu desculpas para Luísa? Depois de pensar melhor, o que Jayla percebe? Por que adultos solidários e colegas de classe são importantes em relação ao *bullying*? O que significa ser um "defensor"? (**Observação:** *um defensor é um espectador que decide defender alguém que está sofrendo* bullying *ou maus-tratos em vez de ficar assistindo a isso – que é a forma passiva de participar de um* bullying.)

Páginas 20-23: O que Jayla faz com a bota da Luísa? Como você acha que isso fez Luísa se sentir? O que a Jayla faz para se sentir mais corajosa?

Páginas 24-27: Jayla é a única que defende Luísa? O que tem de diferente em Jayla agora? E em Luísa? E em Sam?

Página 28-31: O que Jayla descobre? Geral: Com qual personagem de *Desafio!* você se parece mais? O que gostaria de dizer para essa personagem?

> Questões para discussão adicional, atividades e sugestões sobre a série *Esquisita!* estão disponíveis para educadores no **Guia de Leitura**, que pode ser baixado no site *esquisita-aserie.com.br*

Esquisita!, a série

A série de livros *Esquisita!* oferece ao leitor a oportunidade de explorar três perspectivas diferentes sobre *bullying*: a visão da vítima, no volume *Esquisita!*; a de quem assiste ao *bullying*, no volume *Desafio!*; e a da criança que pratica o *bullying*, no volume *Durona!*. Cada livro pode ser empregado de modo independente ou junto com os demais, criando uma conscientização maior sobre o tema. Envolver as crianças em discussões a respeito de *bullying* ajuda na prevenção dele. Se você estiver fazendo uso da série completa, considere realizar as atividades a seguir com os jovens leitores.

Atividade: Desenhar "O que eu defendo"

Discuta com as crianças como defender alguém significa defender algo em que acreditamos ser correto. Encontre exemplos nos livros *Esquisita!*, *Desafio!* e *Durona!* que mostrem os personagens defendendo aquilo no que eles acreditam, como a demonstração de gentileza da Jayla ao devolver as botas da Luísa. Motive as crianças a desenhar uma cena de "defesa" e a escrever uma palavra no topo do desenho para definir o que o personagem está fazendo. Depois, peça para cada criança compartilhar seu desenho com a classe e contar para todos o que ela defende, dizendo: "Meu nome é _____ e eu defendo _____."

Atividade: Pantomima

Peça para uma das crianças imitar as partes mais marcantes de *Esquisita!*, *Desafio!* e *Durona!*, enquanto as outras tentam adivinhar qual cena do livro está sendo representada.

Atividade: Constelação da Bondade

Converse com as crianças sobre como os personagens, em todos os três livros, fizeram escolhas para mostrar que se importavam com os outros. Convide-as a criar a "Constelação da Bondade", como um lembrete de que todos nós temos a capacidade de brilhar e de mostrar que nos importamos com os outros. Peça para que desenhem várias estrelas, corações e bolas e, dentro deles, escrevam frases ou façam desenhos que demonstrem bondade. Dê exemplos como: "Eu posso fazer diferença", "Eu posso ser um bom amigo", "Todo mundo merece ser tratado com bondade". Peça para as crianças recortarem as formas e colarem no quadro-negro ou em uma folha de cartolina ou em papel pardo, criando a "Constelação da Bondade". Como alternativa, faça um móbile para colocar os recortes e pendure na sala ou em outra parte da escola.

Atividade: O que vem a seguir?

Esquisita!, *Desafio!* e *Durona!*... O que vem a seguir? Peça para as crianças imaginarem o que ocorre com os personagens no próximo livro. Encoraje-as a falar sobre os personagens principais: Luísa, Jayla e Sam, bem como os coadjuvantes: Emily, Thomas, Patrick, Will, Sr. C. e Alex. Em seguida, motive as crianças a criar e a apresentar o título de seu próprio livro, bem como o enredo.

Sobre a autora e a ilustradora

Erin Frankel tem mestrado em estudo de Inglês e é apaixonada por competências parentais, por educação e por escrever. Ela ensinou Inglês em Madrid, na Espanha, antes de se mudar para Pittsburgh, com seu marido Alvaro e as três filhas, Gabriela, Sofia e Kelsey. Erin sabe, por experiência própria, o que é sofrer *bullying* e espera que sua história ajude as crianças a ser conscientes e a acabar com o *bullying*. Ela e Paula Heaphy, sua amiga de longa data, acreditam no poder da gentileza e sentem-se agradecidas de poder divulgar essa mensagem por meio destes livros. Em seu tempo livre, Erin, com sua família e com sua cachorra Bella, costuma fazer trilhas pela floresta e adora escrever sempre que possível.

Paula Heaphy é uma designer têxtil na indústria da moda. Ela gosta de explorar todos os meios artísticos, desde vidraçaria até confecção de sapatos, mas sua mais recente paixão é desenhar. Ela abraçou a chance de ilustrar histórias de sua amiga Erin, também por ter sofrido *bullying* quando criança. Conforme a personagem Luísa foi ganhando vida no papel, Paula sentiu seu caminho na vida mudar de rumo. Ela mora no Brooklyn, em Nova York, onde espera usar sua criatividade para iluminar o coração das crianças por muitos e muitos anos.

Esquisita!, a série

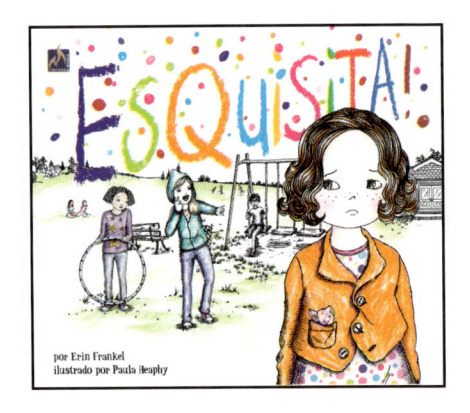

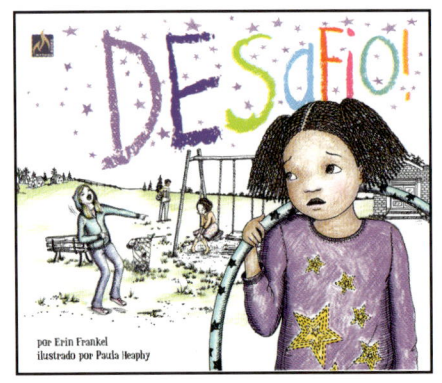

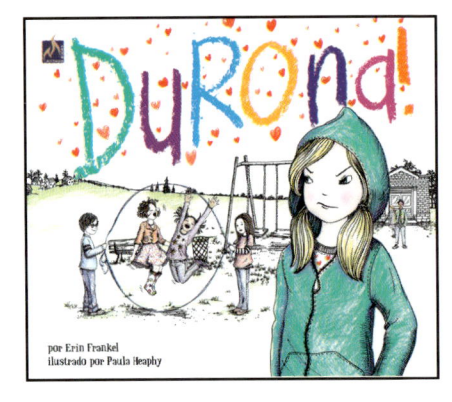

Escritos por Erin Frankel, ilustrados por Paula Heaphy.
48 páginas.

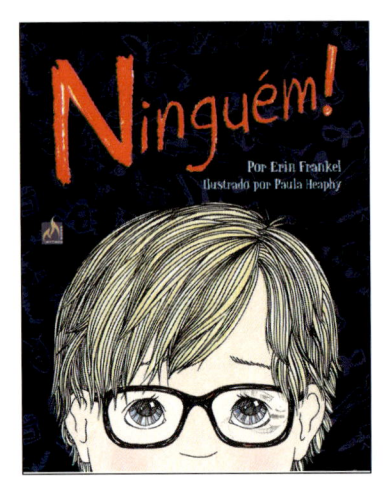

Grátis para download **Guia de Leitura**, disponível em *esquisita-aserie.com.br*